LETTRES

DE M. A. JOLLIVET,

Membre de la Chambre des députés

ET DÉLÉGUÉ

De la Martinique,

A MESSIEURS LES RÉDACTEURS

DES DÉBATS, DU SIÈCLE ET DU CONSTITUTIONNEL.

PARIS.
IMPRIMERIE DE E.-B. DELANCHY,
FAUBOURG MONTMARTRE, 11.

1842.

LETTRES

DE

M. A. JOLLIVET,

MEMBRE DE LA CHAMBRE DES DÉPUTÉS

Et Délégué de la Martinique.

PARIS.
IMPRIMERIE DE E.-B. DELANCHY,
FAUBOURG MONTMARTRE, N° 11.

1842.

LETTRES
DE M. A. JOLLIVET,

Membre de la Chambre des députés

ET DÉLÉGUÉ DE LA MARTINIQUE (1).

PREMIÈRE LETTRE

Au Rédacteur des DÉBATS.

Paris, 18 octobre 1842.

Monsieur le Rédacteur,

J'ai publié une analyse des délibérations et avis des *conseils coloniaux* et des *conseils spéciaux*, sur l'abolition de l'esclavage.

Les conseils coloniaux de la Martinique, de la Guadeloupe, de la Guyane française et de Bourbon, pensent que la *transformation* sociale des colonies ne *peut se faire utilement que par la marche naturelle des choses* (2).

---

(1) Ces lettres ont été insérées dans *la Presse, la Gazette de France, le Commerce, la France, la Patrie, la Quotidienne* et *l'Écho français*.

(2) 30,000 affranchissements volontaires depuis 1830 montrent que la transformation s'opère rapidement.

Plusieurs conseils spéciaux sont du même avis et ajoutent que dans leur conviction la plus intime, et quel que soit le système que l'on adopte, il *leur paraît impossible que le gouvernement puisse garantir le travail libre après l'émancipation des noirs.*

Telle est, monsieur, l'opinion des hommes qui connaissent les colonies, des conseils coloniaux qui les représentent, des gouverneurs et des hauts fonctionnaires qui les administrent.

Ces *manifestations* sont, suivant vous, *déplorables* et de nature à provoquer *l'animadversion publique.*

Vous ajoutez que « si les conseils coloniaux insistaient près de la métropole pour que rien ne fût précipité, s'ils se contentaient de réclamer une juste et préalable indemnité, s'ils recommandaient qu'aucune précaution et aucun ménagement ne fussent épargnés afin d'assurer à l'émancipation le concours des propriétaires, condition sans laquelle elle serait bien difficilement praticable, etc., ils seraient dans leur rôle de bons citoyens, de représentants sages et éclairés, de Français animés d'un noble patriotisme ;

leur parole aurait en France un immense écho, ils s'assureraient la sympathie universelle. »

En d'autres termes, les membres des conseils coloniaux et des conseils spéciaux seraient de *bons citoyens* s'ils partageaient vos opinions ; ce sont des *imprudents* (vous les qualifiez de cette épithète) parce qu'ils ont le malheur de ne pas les partager.

Les conseils coloniaux et les conseils spéciaux, monsieur le rédacteur, ne sont pas libres de voir les choses autrement qu'ils les voient, et ils tromperaient la France et son gouvernement, s'ils ne leur disaient pas la vérité telle qu'elle leur apparaît.

« Nous n'avons point à nous préoccuper des opinions qui peuvent exister en France, a dit le conseil *spécial* de la Martinique, ce serait mettre une entrave à nos délibérations et ravir à la *commission des affaires coloniales* des renseignements précis qu'elle est en droit d'attendre de notre expérience locale et de notre impartialité.

« Le gouvernement du roi nous a demandé la vérité tout entière ; nous la lui dirons sans aucune réserve; nous l'éclairerons sur l'immense responsabilité qui se rattache à l'acte dont on poursuit la réalisation, et qui touche au cœur l'existence des colonies, l'industrie manufacturière et agricole de la France, son commerce et sa puissance navale. »

Ce ne sont point des colons, monsieur le rédacteur, qui tiennent ce langage ; ce sont des administrateurs qui, consultés par le gouvernement du roi, donnent les renseignements que *le gouvernement a droit d'attendre de leur expérience locale et de leur impartialité.*

Ne tenez aucun compte, si vous voulez, des conseils coloniaux, qui cependant ont bien le droit d'avoir une opinion sur des projets d'un intérêt vital pour eux;

Mais permettez-moi de vous dire que vous traitez un peu cavalièrement les conseils *spéciaux*, composés des gouverneurs et des chefs de service, quand vous les accusez *d'avoir subi l'influence du milieu dans lequel ils vivent*, et cela parce qu'ils ne sont pas de votre avis.

Laissons de côté les opinions des conseils coloniaux et des conseils spéciaux qui vous déplaisent, et que vous me reprochez d'avoir publiées, et voyons votre opinion, monsieur le rédacteur, telle que vous l'avez formulée vous-même et que vous la proposez, je ne dirai pas que vous l'imposez, aux conseils coloniaux et aux colonies.

Ils devraient insister près de la métropole pour que rien ne soit précipité.

Mais ils ont insisté pour qu'on ne précipitât rien, et l'on n'a pas tenu compte de leur insistance.

Dans son rapport à la Chambre des députés, en 1838, M. *de Rémusat* déclarait que l'abolition immédiate et complète de l'esclavage était *prématurée*. Il demandait des mesures *préparatoires*, l'envoi d'instituteurs et de prêtres, la construction de chapelles dans les colonies.

Les prêtres et les instituteurs n'avaient pas quitté la France, la première pierre des chapelles n'était pas posée, que déjà, dès 1839, M. de Tracy saisissait la Chambre des députés d'une nouvelle proposition pour l'abolition de l'esclavage. Le nouveau rapporteur, M. de Tocqueville, partageait l'impatience de M. de Tracy, il déclarait que les mesures préparatoires jugées nécessaires par M. de Rémusat étaient *superflues* et concluait à ce que le gouvernement fût *tenu* de proposer, dans *la session de* 1841, un projet de loi sur l'abolition.

Les colons devraient se contenter de réclamer une juste et préalable indemnité.

Ils l'ont réclamée, et voici comment leurs réclamations ont été accueillies.

Le rapporteur à la Chambre des députés, M. de Tocqueville, a répondu qu'il pouvait y avoir *humanité*, *équité*, à venir au *secours* des colons, mais qu'ils n'avaient pas *droit* à une indemnité.

Vous faites sans doute allusion à ce rapport, monsieur le rédacteur, quand vous parlez *de paroles irréfléchies prononcées à la tribune*, et vous conviendrez qu'elles ne sont pas rassurantes, quand elles ont été délibérées par une commission.

Le parlement anglais a voté et payé une indemnité de 500 millions, et le secrétaire d'état des colonies, lord Stanley, a déclaré dans la chambre des communes, séance du 11 juin 1833, que « cette somme serait loin d'indemniser les colons si l'abolition de l'esclavage devait amener l'abandon de la culture du sucre. »

Il ajoutait que, « dans cette éventualité, il faudrait non-seulement que le prix de l'esclave fût payé au maître, mais il faudrait de plus prendre en considération la valeur de l'habitation à laquelle il est attaché, valeur qui dépend entièrement du travail de l'esclave. »

Vous voyez, monsieur, que c'est là précisément ce que demandent les colons, parce que dans leur conviction, éclairée par l'expérience anglaise, le travail libre est impossible.

La réclamation des colons n'est donc point aussi exorbitante que vous voulez bien le dire.

Voyons du reste ce qu'on leur offre, non à titre de *droit*, mais comme *secours*.

Le gouvernement et la commission des affaires coloniales n'ont jamais précisé *un chiffre*.

Le gouvernement et la commission annoncent que l'indemnité sera payée par parties et à termes, au mépris de la Charte qui, comme vous le rappelez, ne permet l'expropriation que moyennant une juste et *préalable* indemnité.

Le gouvernement et la commission ont imaginé de se rembourser de l'indemnité sur les salaires des noirs libérés ; or les noirs exigeraient un salaire d'autant plus élevé que le gouvernement en retiendrait une partie ; en sorte que les anciens maîtres, en payant le surcroît du salaire, se paieraient à eux-mêmes l'indemnité.

Vous êtes, monsieur le rédacteur, bien sévère envers les colons, quand vous les traitez de *mauvais citoyens,* parce qu'ils n'ont pas goûté cet ingénieux expédient.

Les colons devraient recommander qu'aucune précaution, aucun ménagement ne fût épargné.

Les colons vous disent : Indépendamment de l'indemnité de cinq cents millions, le gouvernement anglais a tué le sucre indigène avant qu'il songeât à naître en décrétant l'égalité des droits.

Il a frappé le sucre étranger d'une surtaxe prohibitive de 102 fr. par 100 kil.

Le monopole du marché anglais a permis aux colons de réaliser un bénéfice annuel qui a été évalué dans le parlement à 125 millions. Cet énorme bénéfice a permis aux colons anglais de payer aux noirs libérés de forts salaires, et de conserver ainsi pendant quelque temps une certaine somme de travail ; en un mot, de lutter contre l'émancipation.

Voilà les *ménagements* du parlement anglais envers ses colons ; voilà les *ménagements* que les colons français réclament de leur métropole. Etes-vous disposé, monsieur, à appuyer leur réclamation ? Voulez-vous renoncer à la défense du sucre indigène, d'une industrie française privilégiée aux dépens d'une industrie francaise ? Appuierez-vous, sinon l'interdiction du sucre indigène, du moins l'égalité des tarifs ?

Alors, mais seulement alors, vous aurez quelques droits à la confiance des colons. Jusque-là, excusez ma franchise, ils ne sauraient croire que vous leur veuilliez du bien, et au lieu de suivre vos conseils, ils se permettront de vous en donner un.

Vous voulez, dites-vous, *assurer à l'émancipation le concours des propriétaires, condition sans laquelle elle serait bien difficilement praticable.* Méditez donc et prenez pour règle à l'avenir ces paroles de M. de Tocqueville, plus politiques et plus vraies que ses paroles malencontreuses sur l'indemnité : « L'émancipation sera d'autant plus facile, la transition d'un état à l'autre d'autant plus paisible et plus courte, que les propriétaires seront plus riches.

«Tout devient difficile si l'émancipation s'opère au milieu de la gêne des colons ; tout devient périlleux si elle commence au milieu de leur ruine. Il n'y a qu'une société coloniale prospère qui puisse aisément supporter le passage de la servitude à la liberté ! »

A. JOLLIVET,
Délégué de la Martinique.

DEUXIÈME LETTRE

AU RÉDACTEUR DES *DÉBATS*.

Paris, 20 octobre 1842.

Monsieur le Rédacteur,

Vous n'avez pas cru devoir insérer ma réponse à votre article du 18.

Ma lettre était longue; elle a reçu la publicité de quatre à cinq journaux; ajoutez, pour dire toute la vérité, que vous ne vous êtes pas soucié de la faire lire à vos lecteurs, parler seul étant le moyen d'avoir toujours raison.

J'espère que vous serez cette fois plus accessible. Hier, je m'adressais à votre obligeance;

les insinuations que vous avez cru pouvoir vous permettre à mon égard vous font un devoir aujourd'hui d'accueillir ma défense.

Ma lettre, dites-vous, se réduit à peu près à réclamer une partie de ce que vous avez demandé vous-même, *c'est-à-dire qu'on ne précipite rien; que l'indemnité soit complète* et préalable; *qu'on assure aux colons des avantages tels que leur concours soit garanti à l'entreprise.*

Je prends acte de vos paroles, mais je désirerais qu'elles fussent un peu plus explicites.

Vous voulez qu'on ne précipite rien; vous repoussez donc les propositions de Tracy, Passy, de Tocqueville? Vous reconnaissez avec M. de Rémusat que l'émancipation serait *prématurée*, et qu'il faut se borner d'ici à long-temps à des mesures *préparatoires*.

Dites-moi, je vous prie, est-ce bien là votre sentiment?

Vous voulez que l'indemnité soit *complète*.

A quel *chiffre* l'évaluez-vous?

En raisonnant dans votre hypothèse, que le travail continuera après l'émancipation, vous réduisez l'indemnité à la valeur des esclaves.

Mais, dans l'hypothèse où le travail libre ne survivrait pas à l'émancipation, ne pensez-vous pas avec lord Stanley que cette indemnité serait insuffisante?

L'indemnité, suivant vous, doit être *préalable*.

Dans sa circulaire du 18 juillet 1840 à MM. les gouverneurs des colonies, M. le ministre de la marine dit :

« Il pourrait convenir, par divers motifs, et notamment pour ne pas gêner le service du Trésor public, que le paiement de l'indemnité fût divisé en *plusieurs termes*. »

Est-ce là une indemnité *préalable* ?

J'aimerais à vous entendre déclarer que vous ne partagez pas l'opinion de M. le ministre de la marine, qui est aussi l'opinion de la commission des affaires coloniales.

J'ai dit que M. le ministre et la commission avaient imaginé un *ingénieux expédient* pour escamoter l'indemnité; vous en doutez !

Voici le texte de la circulaire du 18 juillet :

« Les conseils spéciaux auront à fixer la portion du salaire à réserver *pour le remboursement*, au Trésor public, des *avances* qu'il aurait faites relativement au paiement de l'indemnité. »

Avais-je raison de dire : « Les noirs exigeront un salaire d'autant plus élevé que le gouvernement en retiendra une partie ; en sorte que les anciens maîtres, en payant le surcroît du salaire, se paieront à eux-mêmes l'indemnité. »

Je serai plus concis cette fois, et je me bornerai à reproduire les paroles mêmes du ministre ; l'indemnité telle qu'il l'entend est *une avance remboursable.*

Vous l'entendez autrement ; je vous en remercie au nom des colons.

Je vous remercie de rechef quand vous voulez *leur assurer des avantages tels que leur concours soit garanti à l'entreprise.*

Mais c'est ici, monsieur, que j'ose vous demander des explications catégoriques.

Le gouvernement anglais, vous le savez, indépendamment des 500 millions d'indemnité, a, dans l'intérêt de ses colonies, tué le sucre indigène avant qu'il songeât à naître, en décrétant l'égalité des droits.

Il a frappé le sucre étranger d'une surtaxe prohibitive de 102. fr. par 100 kilogrammes.

Le monopole du marché anglais a permis aux colons de vendre leurs sucres à des prix élevés, de payer aux noirs libres de forts salaires, et de conserver ainsi, pendant quelque temps, une certaine somme de travail ; en un mot, de lutter contre l'émancipation.

Je vous ai demandé, monsieur, si c'étaient là les *avantages* que vous entendiez assurer aux colons français ?

Vous ne m'avez pas répondu.

C'est un oubli que je vous signale et que je vous supplie de vouloir bien réparer.

Mais auparavant, pénétrez-vous bien de ces paroles du ministre secrétaire-d'état des colonies, lord Stanley, dans la séance de la Chambre des communes, du 12 mai 1841 :

« Comment ! vous disputeriez le marché de l'Angleterre à vos Colonies, lorsque vous ne connaissez pas les résultats encore incertains de la redoutable épreuve qui va décider du sort, de la vie, de plusieurs millions de vos semblables; dans cet instant critique où elles se débattent contre l'enfantement périlleux d'un nouvel ordre social, dans cet instant suprême où elles touchent à la solution de la dangereuse et dispendieuse épreuve que nous leur avons imposée! »

« Serez-vous satisfaits, s'écriait sir R. Peel, dans la séance du 18, quand nos Colonies seront réduites à la même condition que Saint-Domingue! »

J'ai dû m'oublier, Monsieur, et ne me préoccuper que des grands intérêts dont la défense m'est confiée.

Vous ne m'accuserez pas d'être *long* en ce qui m'est personnel.

« Un mauvais citoyen, dites-vous, serait un délégué des Colonies qui, sciemment, caresserait les préjugés les plus absurdes de ses commettants, flatterait leurs passions les plus antipathiques à l'esprit du siècle, et les *exciterait*, au risque de compromettre leurs intérêts les plus chers vis-à-vis de la Métropole. Tel assurément n'est point M. *Jollivet*, nous nous plaisons à le penser. »

Et vous avez raison, Monsieur.

Je n'ai jamais caressé les passions, les préjugés ; j'ai défendu les droits et les intérêts des colons ; j'ai repoussé avec eux des projets d'émancipation que vous-même déclarez *prématurée*.

Je me suis opposé et je m'opposerai encore à des projets, conçus sans doute dans des vues philanthropiques, mais qui dénotent la plus profonde ignorance de la société coloniale, à des projets que les colons ont eu raison de proclamer *impossibles* et *insensés*.

Je n'ai point *excité* les colons, Monsieur, et si vous pouviez lire ma correspondance, vous me rendriez cette justice, que je m'étudie à calmer leur irritation naturelle, quand des *imprudents* (je vous emprunte l'épithète) compromettent, sans le vouloir, mais n'en compromettent pas moins leur fortune et leur vie !

A. JOLLIVET,
Délégué de la Martinique.

LETTRE

AU RÉDACTEUR DU *SIÈCLE*.

Paris, 22 octobre 1842.

Monsieur le rédacteur,

Il y a peu de temps, votre journal traitait les colons d'*anthropophages;* aujourd'hui, il se borne à les accuser d'inhumanité. Il y a progrès.

Bientôt, je l'espère, vous consentirez à reconnaître que les colons sont des hommes; et si vous voulez lire les analyses des rapports des procureurs-généraux et procureurs du roi, imprimés par ordre de M. le ministre de la marine et des colonies, vous verrez à la page 39 que sur la plupart des habitations, *l'humanité des colons à l'égard des noirs a été plus loin que les lois et les règlements*.

Vous ne voulez pas que l'émancipation se fasse dans les colonies par la *marche naturelle des choses*. Jamais, dites-vous, les colons ne donneront la liberté aux esclaves, si *la métropole* NE LES Y OBLIGE.

Veuillez, de grâce, consulter *le Moniteur* du 26 janvier 1842, il donne un tableau des affranchissements dans les quatre colonies de la Martinique, de la Guadeloupe, de la Guyane française et de Bourbon ; ils s'élèvent à 38,157 depuis 1830.

Ces chiffres, vous en conviendrez, monsieur le rédacteur, démontrent que l'émancipation se fera sans l'intervention de la métropole et, ce qui n'est pas à dédaigner pour elle, sans indemnité, si l'on ne précipite rien, et si l'on veut, comme les colons le demandent, s'en rapporter à eux seuls et *à la marche naturelle des choses*.

Vous ne sauriez contester les chiffres officiels, mais vous cherchez à en atténuer le résultat moral, et vous disputez aux colons le mérite de ces affranchissements nombreux et volontaires.

Vous réduisez, par erreur, le nombre des affranchissements de 38,157 à 34,000, sur lesquels vous déduisez encore 19,200 *patronés* qui, suivant vous, doivent leur liberté à l'ordonnance du 12 juillet 1832.

Qu'est-ce qui reste, ajoutez-vous, des femmes, des enfants de couleur, des vieillards devenus à la charge de leurs maîtres?

Je vous ai renvoyé au *Moniteur* pour rectifier votre total des affranchissements.

Je vous renvoie maintenant aux *notices statistiques* publiées par M. le ministre de la marine et des colonies, en 1842.

Vous verrez que le nombre total des patronés n'est pas de 19,200,

Mais de. 13,855

Le chiffre total des affranchissements est de. 38,157

Il y a donc eu. 24,302

affranchissements d'esclaves depuis 1830, indépendamment des patronés.

Quant aux *patronés*, vous semblez supposer

qu'ils doivent leur liberté à l'ordonnance du 12 juillet 1832.

Il n'en est rien.

L'article 7 de l'ordonnance porte que « tout individu qui jouit actuellement de *la liberté de fait*, le cas de marronnage excepté, sera admis à former, par l'intermédiaire, soit de son *patron*, soit du procureur du roi, une demande pour être définitivement reconnu libre. »

L'ordonnance, vous le voyez, régularise la liberté donnée aux *patronés*, mais *cette liberté de fait*, à qui la devaient-ils? Vous voudrez bien reconnaître, monsieur le rédacteur, qu'ils la devaient à leurs *patrons*.

Si elle n'avait point été régularisée, c'est que le fisc percevait une taxe considérable (1,500 fr.) sur chaque affranchissement, taxe qui a été supprimée par l'ordonnance du 1er mai 1831.

Les colons, dites-vous, n'ont affranchi que des femmes, des vieillards et des enfants.

Cela n'est pas exact. Les tableaux officiels font connaître qu'il y a 7,000 hommes parmi les affranchis, et ces hommes ne sont pas tous des vieillards.

Les colons ont voulu se débarrasser *des esclaves qui, par leur âge ou leur sexe, étaient à leur charge.*

Cela n'est pas exact. Le maître, en affranchissant un esclave, est obligé de lui assurer des moyens d'existence, s'il n'en a pas par lui-même, et l'article 3 de l'ordonnance du 12 juillet 1832 autorise le procureur du roi à former opposition à l'affranchissement, *dans le cas où l'affranchi serait reconnu hors d'état de pourvoir à sa subsistance, à raison de son âge ou de ses infirmités.*

Votre journal ne m'ayant ni nommé, ni désigné, je n'ai aucun droit, monsieur le rédacteur, d'exiger de vous l'insertion de ma lettre, mais j'ai une assez haute opinion de votre loyauté pour être convaincu que vous l'insèrerez sans y être obligé, et que vous vous empresserez de reconnaître des erreurs involontairement commises.

A. JOLLIVET,
Délégué de la Martinique.

LETTRE

Au Rédacteur

DU CONSTITUTIONNEL.

Paris, 30 octobre 1842.

Monsieur le rédacteur,

Je lis dans votre numéro d'hier :

« On a publié dans quelques journaux français divers écrits au sujet de l'opinion exprimée par les gouverneurs des colonies. Nous croyons savoir que cette opinion, très-ferme et très-arrêtée sur les difficultés de l'émancipation et sur certaines conditions sans lesquelles l'émancipation serait une injustice et un péril, n'est pas moins ferme en ce qui concerne la mesure en elle-même. »

Il est vrai, monsieur le rédacteur, que l'opinion des gouverneurs est très-ferme et très-arrêtée sur les difficultés et les périls de l'émancipation, mais il est faux que leur opinion soit *favorable à la mesure en elle-même*. Vous allez reconnaître que, mal informé, vous avez, sans le vouloir, trompé vos lecteurs, et vous vous empresserez de les désabuser en publiant ma lettre.

On n'a point encore, au ministère de la marine, l'avis du gouverneur et du conseil spécial de *Bourbon*.

Vous ne pouvez donc affirmer qu'il sera favorable à l'émancipation.

L'honorable M. *Jubelin*, gouverneur de la Guadeloupe, au moment où les conseils spéciaux ont été appelés à délibérer sur les projets d'émancipation, a déclaré :

« Que si le gouvernement, *meilleur juge* (1) des circonstances politiques qui pourraient exiger un mouvement plus accéléré, se prononçait

(1) M. le ministre de la marine et des colonies, dans sa circulaire de juillet 1840 aux gouverneurs, leur faisait connaître que le *principe* de l'émancipation était arrêté et que les conseils spéciaux auraient seulement à donner leur avis sur le *mode* d'émancipation.

pour une émancipation générale et immédiate, il ne pourrait le faire équitablement qu'autant qu'il serait en mesure de garantir aux colonies ces trois conditions :

« Indemnité suffisante, largement appréciée, pour la valeur des esclaves ;

« Législation spéciale, fortement coërcitive au travail, pour les noirs libérés ;

« Égalité de charges entre le sucre colonial et le sucre fabriqué en France.

« Que *quant à lui,* il aurait voulu « qu'on continuât à marcher dans la voie des améliorations; qu'on développât l'instruction morale et religieuse de la population noire; que le régime disciplinaire des esclaves, déjà fort adouci, le fût encore de manière à faire disparaître tout ce qu'il pourrait offrir de blessant. Quelques années d'un semblable système auraient été très-utilement employées pour la préparation des esclaves et des maîtres eux-mêmes aux nouvelles relations que l'émancipation devra amener entre les uns et les autres. Elles auraient ainsi donné le temps d'arriver, sans avoir rien compromis, au moment où le gouvernement, plus éclairé sur les conséquences qui sont en cours de se produire dans les colonies anglaises, aurait pu agir en parfaite connaissance de cause (1). »

M. le contre-amiral *Duval-d'Ailly*, gouverneur de la Martinique, déclare « que, dans sa conviction la plus intime, et quel que soit le mode d'exécution que l'on adopte, il lui paraît impossible que le gouvernement garantisse le travail libre, après l'émancipation des noirs, au moyen de mesures législatives ou administratives compatibles avec les mœurs et les opinions de l'époque (2).

« Il voudrait que l'esclavage tel qu'il existe aujourd'hui dans nos colonies, beaucoup plus doux que l'apprentissage anglais, *fût maintenu pendant un temps le plus long possible* (3). »

M. le capitaine de vaisseau Layrle, nouvellement nommé gouverneur de la Guyane française, n'a pas pu donner son opinion relativement à

(1) Délibération et avis du conseil spécial de la Guadeloupe, page 143.

(2) Délibération et avis du conseil spécial de la Martinique, pages 221 et 222.

(3) Délibération et avis du conseil spécial de la Martinique, p. 60.

l'émancipation comme gouverneur, mais il l'a fait connaître dans ses rapports à M. le ministre de la marine sur la situation des colonies anglaises qu'il avait mission de visiter.

Voici quelques extraits de ces rapports :

« Nous ne sommes plus à l'époque où l'on pouvait s'abuser sur le résultat du travail libre, au temps où les Brougham, les Wilberforce, O'Connel, Seaford, Sligo et autres, prédisaient au milieu du parlement d'Angleterre que le travail d'un noir libre vaudrait celui de trois esclaves. Depuis lors, les faits ont parlé ; ils ont renversé toute la théorie des abolitionistes (1).

« Depuis l'émancipation, les noirs ne travaillent pas, ne veulent pas travailler. L'absence du travail libre fait pencher la balance vers la ruine des anciennes possessions à esclaves (2).

« Le temps des déceptions est passé, les faits parlent et se pressent en masse ; ils sont de nature à réduire à leur juste valeur les assertions erronées des enthousiastes de bonne foi, et à

(1) *Précis* imprimé par ordre de M. le ministre de la marine et des colonies, tome IV, page 71.

(2) *Ibidem*, page 92.

déjouer la combinaison des spéculateurs (1).

« Vous m'avez demandé, monsieur l'amiral, et mon devoir est de vous dire la vérité. Quand on a été sur les lieux, quand on a pu apprécier les faits, cette vérité n'est pas difficile à saisir : *L'émancipation est une mesure funeste aux colonies anglaises ; elles ne se relèveront peut-être jamais du coup qu'elles ont reçu* (2). »

Le *Journal des Débats*, en annonçant dans son numéro du 25 octobre la nomination de M. le capitaine de vaisseau Layrle comme gouverneur de la Guyane française, rappelle ses rapports où *l'émancipation anglaise est exposée avec une parfaite impartialité et une grande netteté de vues*, et le présente *comme un homme compétent qui réunit sur la question coloniale toutes les lumières désirables.*

Je me joins au *Journal des Débats* pour admettre la compétence de M. le capitaine de vaisseau Layrle, pour rendre hommage à son impartialité, à ses lumières, à la netteté de ses vues ; mais *les Débats* doivent alors reconnaître avec

(1) *Précis*, tome IV, page 228.

(2) *Ibidem*, pages 152, 157.

lui, avec moi, que l'émancipation est une mesure funeste aux colonies anglaises, et qu'elle serait non moins funeste à nos colonies.

Le gouverneur de la Guyane a, comme les gouverneurs de la Guadeloupe et de la Martinique, *comme tous ceux qui ont été sur les lieux*, *qui ont pu apprécier les faits*, des opinions très-fermes, très-arrêtées, mais ces opinions, vous voudrez bien en convenir, monsieur le rédacteur, ne sont pas favorables à l'émancipation.

Agréez, etc., etc.

A. JOLLIVET,

Délégué de la Martinique.

www.ingramcontent.com/pod-product-compliance
Ingram Content Group UK Ltd.
Pitfield, Milton Keynes, MK11 3LW, UK
UKHW032021260826
14628UKWH00006B/2627

9 782014 461800